Ralf Neubohn

Michael Kerawalla

Geheimnisvolle Banshee

Mit großer Schrift

Ralf Neubohn

Michael Kerawalla

Geheimnisvolle Banshee

Mit großer Schrift

Bibliografische Information der Deutschen Nationalbibliothek
Die Deutsche Nationalbibliothek verzeichnet diese Publikation
in der Deutschen Nationalbibliografie;
detaillierte bibliografische Daten sind im Internet
über www.dnb.de abrufbar.

Herstellung und Verlag: BoD – Books on Demand, Norderstedt

ISBN: 978-3-7460-2635-0

**Dieses Buch ist allen Freunden der
Autorengruppe Flammenfeder gewidmet**

Inhalt

Vorwort

Banshee versetzt alle in Angst und Schrecken. Doch ist sie wirklich so böse, wie alle glauben? Bei verschiedenen dramatischen Ereignissen zeigt sie sehr unterschiedliche Gesichter von sich. Aber welches ist das richtige? Gibt es das überhaupt? Oder gehört sie zu den magischen Wesen, für die ganz eigene Regeln gelten?

Ralf Neubohn

Der Ball

In der Nähe von Dublin gab es einen Ball in einer etwas besseren Dorfschenke. Nach und nach verschwanden von dort die Pärchen in den nahen Wälder, um etwas „spazieren" zu gehen. Ein seinerzeit gebräuchlicher Terminus, von dem selbst die unschuldigsten Teenies nicht zu behaupten wagten, nie davon gehört zu haben. Übrigens gab es schon in diesen keltischen Zeiten nur sehr wenige Menschen, welche als „Unschuld vom Lande" gelten konnten. Gwenda lernte auf dem Ball Brian kennen, welcher sofort mit seinem irischen Charme ihr Herz eroberte. Als der Draufgänger ganz betont nebenbei fragte: „Wie wäre es mit einem Spaziergang an der frischen Luft? Hier ist es doch sehr stickig", blinzelte Gwenda kokett und hauchte: „Ja, gerne."

In vollem Einverständnis liefen die beiden in den nahen Wald. Dort war die Luft doch ganz erheblich besser. So wunderbar frisch.
Brian erkundigte sich mit kaum glaublicher Unschuld: „Bist Du nicht auch vom Tanzen etwas müde? Wollen wir uns ein bisschen hier im Gras davon ausruhen?"
Ein verstecktes Lächeln huschte über die erfahrenen Lippen des Mädchens. Sie nickte scheinbar unwissend, denn das gehörte ja immer mit dazu. Sozusagen eine Kardinalsregel.

Doch bevor es zur üblichen Sache gehen konnte, erschien mit einem schrillen Schrei aus dem nichts Banshee. Gwenda taumelte vor Schreck ein paar Schritte zurück. „Nun ist es um uns geschehen", ging es ihr voller Panik durch den Kopf. Banshee rammte Brian einen Dolch ins Herz, während das geschockte Mädchen um Gnade bettelte: „Verschone bitte mein Leben Todesfee!"

Diese erwiderte verächtlich: „Elende Närrin! Ich habe es Dir gerade gerettet! Weißt Du nicht, mit wem Du hierher kamst? Es ist der gesuchte Frauenmörder von Dublin!" Nach diesen Worten löste sich Banshee wieder in Nichts auf.

Entsetzt starrte das Mädchen auf die Stelle, wo eben noch das magische Wesen stand. „Brian soll der schreckliche Frauenmörder gewesen sein?", dachte sie entsetzt. Ungläubig durchsuchte das Mädchen die Taschen des Toten. Tatsächlich befand sich in seiner Jackentasche ein blutiges Messer.

Gwenda ließ von ihrem grausigen Erlebnis nie etwas verlauten, dafür verkündete der königliche Herold am nächsten Tag den Bürgern: „Die Todesfee hat wieder ein unschuldiges Leben ausgelöscht! Bürger, meidet die Wälder, sonst ergeht es Euch auch so!"

„*Wenn die wüssten*", ging es Gwenda durch den Kopf.

Castle Ciderwind

Der mächtige Zauberer Merlin weilte als Vermittler auf einer Friedenskonferenz. Diese fand im irischen Castle Ciderwind statt. In diesen wilden Zeiten wollten verschiedene Nachbarländer das Kriegsschwert begraben. An der Konferenz nahmen teil: für Britanien Baron Beerdurst, für Schottland Sir Scottchlip, für Wales Peer Whiskydream, für Irland Count Cidersleep und für Frankreich Consul Congnac. Während die Schlossmagd Mary sein Zimmer reinigte, fluchte Merlin wüst vor sich hin. Er hasste es, zwischen diesen starrköpfigen Unterhändlern zu vermitteln, die außer dem Trinken keinerlei Gemeinsamkeiten besaßen. Dazu waren sie auch noch extrem leicht gekränkt, so dass alles Negative von ihnen ferngehalten werden musste. Der Zauberer hatte in seiner Laufbahn als Detektiv schon gegen böse Hexen und schreckliche Ungeheuer gekämpft, aber dieses Eierlaufen zwischen diesen eingebildeten Snobs kostete ihn wesentlich mehr Nerven. Ein kleiner Funke konnte reichen, um die Friedenskonferenz zu sprengen. Vor sich hinmeckernd durchschritt er sein Gästezimmer, als die Magd bemerkte: „Ihr solltet Euch vielleicht noch etwas hinlegen, denn heute Mittag startet das Festbankett."

Merlin rief fassungslos: „Was? Noch eins? Wir hatten doch in den letzten Tagen jeden Mittag und Abend eins? Wie soll da ein dauernder Friede geschlossen werden, mit lauter Besoffenen?"

Die Magd gab schüchtern zu bedenken: „Vielleicht wird es gerade dadurch leichter."

„Ja", gab der Zauberer zu. „Sofern die Konferenz nicht vorher wegen irgendwas platzt. Solchen unfähigen Leuten dürfte noch nicht mal der Betrieb einer Gossenschenke erlaubt werden, geschweige denn wichtige Verhandlungen."

Die Magd seufzte zustimmend.

Das Bankett

Nach dem wüsten Mittagsbankett sah es aus wie immer: Überall lagen lauter Besoffene zwischen Speiseresten und Alkoholpfützen herum. Merlins Zweifel an deren Verhandlungskompetenz schwand dadurch nicht gerade. In diesem Augenblick wurde ihm ein Bote seines Königs gemeldet. Sofort verfinsterte sich seine Stimmung noch mehr. Denn das konnte nichts Gutes bedeuten. Tatsächlich brachte ihn die übermittelte Botschaft noch mehr in Rage. Sein König befahl ihm, den anderen Diplomaten auch noch ein neues englisches Thronfolgegesetz schmackhaft zu machen, nach welchem auch uneheliche Kinder König werden durften. Sogar Mädchen! Merlin schüttelte den Kopf. Er wusste ganz genau, wie es laufen würde. Diese ganzen herumliegenden Heuchler besaßen zusammen zweifellos mehr unehelich Kinder, als Menschen in einem durchschnittlichen Dorf lebten. Aber sobald sie vom neuen Thronfolgegesetz hörten, kämen plötzlich wie aus dem Nichts moralische Bedenken. Der Zauberer stöhnte: Nun sollte er über zwei völlig aussichtslose Dinge verhandeln helfen. Merlin würde lieber wieder einen verrückten Mörder verfolgen, als bei dieser Konferenz weiterhin zu vermitteln versuchen.

Das Barometer sinkt

Nebenbei überlegte er, welche seiner zahlreichen unehelichen Töchter König Arthurs wohl als Nachfolgerinnen auf den Thron plante. Hoffentlich nicht die schusslige junge Hexe Kleckselinchen und deren schüchterne Schwester. Beides völlig chaotische junge Mädchen. Beim Gedanken für eine schusslige Hexe und eine scheue Fee den Thronanspruch durchfechten zu müssen, erbleichte Merlin. Nun, vielleicht ging es ja doch um andere uneheliche Kinder des Königs. Was die Sache erheblich erleichtern würde. Denn wer wäre schon bereit, so chaotische Schwestern als Königinnen zu akzeptieren? Es macht zwar Spaß über deren magische Abenteuer in Ralf Neubohns „Lama und Alpaka Reihe" zu lesen, aber von ihnen regiert zu werden? Schauderhafte Vorstellung. Genauso schrecklich wie die Friedensverhandlungen. Diese konnten getrost ‚ein Schuss in den diplomatischen Ofen' genannt werden. Pure Zeitverschwendung, das alles. Der Zauberer sehnte sich danach, alleine durch ruhige Wälder zu wandern oder den schönen Ponyhof zu besuchen. Stattdessen musste er später wieder mit lallenden Idioten schwere Gespräche führen. Genauer gesagt, versuchen diese zu führen. Wenn sich doch irgendwas wirklich Aufregendes ergäbe, statt diesem Stumpfsinn!

Zu berücksichtigen

Seit viele Ritter von König Arthurs Tafelrunde auf der Suche nach dem heiligen Gral durch die ganze Welt irrten, lebten zusammen mit dem König nur noch wenige Wachen auf Schloss Camelot, wodurch es vielen fremden Heerführern als leichte Beute erscheinen mochte. Aus diesem Grund lohnte sich trotz allem der Versuch mit den Verhandlungen, bevor Schlimmes passierte. Jetzt erwies es sich auch als sehr praktisch, dass König Arthurs uneheliche Kinder weit verstreut in ganz Britannien lebten. Sollte eines Tages Camelot fallen, so gab es für die Feinde unerreichbar verteilt, überall mögliche Thronnachfolger. Bei diesem Gedankengang verfinsterte sich Merlins Gesicht wieder. König Arthurs Gedankengang in allen Ehren, aber hoffentlich dachte er nicht an die beiden magischen Chaosschwestern! Doch diese Frage eilte ja nicht, da der König zum Glück noch lebte.

Priorität besaßen ohnehin die Friedensverhandlungen, die Erbfolge kam erst weit danach. Davon abgesehen, dass die Unterhändler ohnehin dieses neue Thema ihren jeweiligen Königen erst noch vorlegen mussten. Und eines war von vornherein klar: Selbst wenn die Könige überhaupt zustimmen sollten, diese Zustimmung musste König Arthur erst in irgendeiner Form teuer erkaufen. Umsonst akzeptierte niemand das neue Thronfolgegesetz!

Beratungen

Wie erwartet zeigten sich die Friedensverhandlungen weiterhin sehr zähflüssig und vom neuen Erbfolgerecht wollte aus „Moralischen Gründen" erst Recht niemand etwas wissen. Die Unterhändler machten auf diese Weise ihre Zustimmung von allen möglichen britischen Zugeständnissen abhängig, welche sie dann an ihre jeweiligen Könige weiterleiteten. Diese überlegten dann später, ob sie noch einen Nachschlag verlangten oder nicht. Bisher lebten die anderen Könige noch in fröhlicher Unwissenheit der britischen Pläne. Nur der irische Gesandte Count Cidersleep stimmte gleich zu, vermutlich weil die Iren ohnehin etwas leichtlebiger waren als die eher prüden Waliser und Schotten. „Der erste Schritt zum Erfolg", freute sich Merlin. Nachts erklang ein schrecklicher Schrei. Alle Gesandten eilten ins Wohnzimmer, in welchem Count Cidersleep erstochen lag. Schlechte Karten für König Arthurs Pläne. Starb der Ire wegen seiner Zustimmung für Frieden und Erbfolgerecht? Oder hasste jemand Cidersleep persönlich? Cider ist ja nicht für jeden etwas.

Krise

Es herrschte in dieser Nacht große Aufregung. Fast alle Gesandten wollten die Verhandlungen völlig abbrechen und am nächsten Morgen nach Hause fahren. Angeblich aus Kummer wegen des Todesfalles, in Wirklichkeit aus Angst, vielleicht das nächste Opfer zu sein. Vielleicht war genau dies der Sinn des Anschlages. Der Abbruch der Verhandlungen und somit für den einen oder anderen König die Chance, die unbeliebten und derzeit geschwächten Briten anzugreifen bzw. darauf zu hoffen, dass jemand anderes dies tat. Merlin verdächtigte vor allem die Franzosen und Schotten, hinter dem Attentat zu stecken. Da die Tatwaffe nicht neben der Leiche lag, konnte der Zauberer leider keinen magischen Fingerabdruck nehmen. Es galt nun für ihn herauszufinden, wo sich jeder der Gesandten zur Tatzeit aufhielt. Gar nicht so einfach, denn die meisten gingen wohl amourösen Abenteuern nach, was aber niemand zugeben konnte. Schließlich behaupteten sie ja hochmoralisch zu sein. Außerdem fanden meistens die Affären mit den Ehefrauen ihrer Gesandtenkollegen statt. Wenn so etwas herauskam, endete das immer mit einem Duell.

Personal

Bevor sich Merlin an diese haarigen Verhöre machte, befragte er zuerst das Personal. Wenn er wusste, welchen der Gesandten sie wo sahen, ergaben sich daraus vielleicht schon deutliche Hinweise. Der Diener Big Ben beobachtete den Schotten, Sir Scottchlip, wie er verstohlen auf die Terrasse huschte, vermutlich zu einem heimlichen Rendezvous. Der Waliser Peer Whiskydream verschwand völlig von der Bildfläche. Niemand ahnte, wo der Peer sich aufhielt. Auf der Flucht? War der Waliser der Mörder? In der Hoffnung, dass Franzosen und Schotten Britannien überfielen? Was tat im Augenblick des Anschlages der besonders verdächtige Franzose Consul Congnac? Ein weiteres Geheimnis! Im Moment betrank er sich zusammen mit dem britischen Abgesandten Baron Beerdurst. Es darf darauf hingewiesen werden, dass beide ihren Namen alle Ehre machten.

Die Magd Mary berichtete, dass auch der Bote König Arthurs noch im Schloss weilte. Warum denn das? Spionierte der Bote für ein anderes Land? Trieb er ein Doppelspiel? Vielleicht sogar ein mörderisches?

Die Zeit drängt

Merlin wusste, dass die Zeit drängte. Der Fall musste schnellstmöglich gelöst werden, denn sonst befand sich Britannien in großer Gefahr. Betranken sich gerade der Brite und der Franzose aus schlechtem Gewissen? Verübten die beiden die Tat gemeinsam? Verriet Baron Beerdurst sein eigenes Land? Wie dem auch sei: Beide Verdächtigen befanden sich derzeit nicht in einem Zustand, in dem sie noch diese Nacht abreisen konnten. Daher lag es nahe, den anderen Verdächtigen zu verfolgen. Die Flucht des Walisers sprach doch recht deutliche Worte. Plötzlich durchzuckte Merlin ein neuer Gedanke: Möglicherweise handelte es sich hier um eine Verschwörung aller Verdächtigen gegen Britannien? Wie dem auch sei, zuerst startete die Jagd nach dem Waliser. Dazu brachen der Zauberer, der Diener Big Ben und der Bote des Königs zusammen mit einer Meute Jagdhunde auf. Waren sie auf der richtigen Spur? Beging Peer Whiskydream die abscheuliche Tat? Nicht weit von Castle Ciderwind spürten die Jagdhunde ihre Beute auf. Kam es zum Kampf mit dem Flüchtigen?

Gefunden

Nein, es kam zu keinem Kampf. Passenderweise lag der Verdächtige erstochen in der Jauchegrube. Mit einer Fackel in der Hand betrachtete der Zauberer die seltsame Stichwunde. So ein schmales Einstichloch sah er noch nie. Gab es denn überhaupt so schmale Messer? Wie mochte es wohl aussehen? Der Fund der zweiten Leiche brachte die Ermittlungen voran. Es schränkte die möglichen Motive ein. Persönliche Rache an Cidersleep schied nun aus. Doch wo lag das Motiv? Der Peer und der Count verfolgten in Bezug auf Britannien ganz verschiedene Politik, also konnte hier das Motiv nicht liegen. Ging es einfach nur darum, die Friedensgespräche scheitern zu lassen? Plötzlich kam dem Zauberer eine Idee: Möglicherweise ging es ja gar nicht um den Frieden, sondern potentielle Thronfolger wollten den Versuch, das neue Gesetz vom Ausland anerkennen zu lassen, stoppen. Sicherlich gab es Verwandte des Königs, die sich nach dem alten Thronfolgegesetz Hoffnung auf seine Nachfolge machten. Durch die Anerkennung unehelicher Kinder gingen sie möglicherweise leer aus. So lange das Ausland diese Kinder nicht als Kronanwärter anerkannte, bestanden für ältere Angehörige des Königs noch gute Chancen. Denn kein Land der Erde setzte einen neuen Monarchen ein, der von den Nachbarländern nicht anerkannt wurde. Sowas führte früher oder später sonst zum Krieg. Aber für welchen der vielen Verwandten Arthurs mochte hier wohl jemand gemordet haben? Und wer war der Täter? Der britische Gesandte Beerdurst, der Franzose Consul Congnac? Voller tiefer Vorurteile dachte Merlin: „Diesen Froschschenkelessern ist alles zuzutrauen. Andererseits:

Gerade den englischen Gesandten konnte ein Verwandter Arthurs leichter bestochen haben." Seufzend ging Merlin zu Bett. Denn sich mit Abgesandten herumschlagen zu müssen, gehörte zu den heikelsten Dingen des Lebens. Dazu kam: Nach zwei Morden würden sicherlich beide Verdächtige nach dem Frühstück abreisen. Merlin besaß keinerlei Beweise, um sie des Mordes zu überführen. Da fiel ihm etwas ein: Er vergaß den äußerst verdächtigen Schotten Sir Scottchlip! Es bestand ja die Möglichkeit, dass Schottland auf die Doppelkrone Schottland-England spekulierte! Sicherlich gab es auch in Schottland Angehörige des Königs. Irgendwelche Onkel oder Neffen, für welche das neue Erbrecht das Aus bedeuten würde. Hatte Merlin hier endlich die heiße Spur gefunden? Doch um Sir Scottchlip anklagen zu können, brauchte es noch viele Beweise. Woher diese nehmen? Schmunzelnd schlief Merlin ein. Natürlich, beim Durchsuchen des Gepäcks aller Verdächtigen musste sich ja das seltsame Messer finden lassen! Und mit dem Messer hatte er den Indizienbeweis! Der reichte jedem Gericht

Die Durchsuchung

Während die anderen vor ihrer Abreise frühstückten, durchsuchte Merlin panisch das Gepäck der drei. Er musste jetzt den Beweis finden, bevor sie sich in alle Winde zerstreuten. In den ersten Koffern fand er nur Bierflaschen, Cognacflaschen und Damenstrumpfbänder. Welchen Trinkern und Verführern diese wohl gehörten, errät der Leser leicht. Der große Koffer des Schotten ließ sich hingegen nicht öffnen. Er besaß ein Sicherheitsschloss. Merlin fluchte vor sich hin. Dies war der letzte Koffer, in ihm musste die Wahrheit liegen! Und er kam nicht heran. In diesem Augenblick betrat die Magd Mary das Zimmer, um es zu reinigen. Erstaunt sah sie Merlin am Koffer hantieren. Bevor die Magd um Hilfe schrie, erklärte der Zauberer schnell seinen Verdacht. Die Magd runzelte die Stirn, nickte und reichte ihm eine Haarnadel von sich. Merlin nahm diese dankend an. Bevor er den Koffer damit öffnen konnte, fiel ihm etwas auf.

Der Beweis

An der Haarnadel war Blut. Und sie passte von der Form her genau zur Stichwunde des Walisers. „Du hast es getan!", rief Merlin anklagend.

Mit fester Stimme antwortete Mary: „Jawohl! Ich habe den walisischen Schuft erstochen!"

„Warum?", wollte Merlin wissen.

„Weil er meinen Landsmann Cidersleep tötete! Als der Mörder sich durch Flucht der Strafe entziehen wollte, vollzog ich die gerechte Strafe an diesem walisischen Schuft. Denn Wales wollte durch sein Attentat die Verhandlungen platzen lassen. Sie hätten später niemals ihren erfolgreichen Attentäter ausgeliefert!"

Merlin gab ihr Recht: „Das stimmt. Aber dennoch bist auch Du eine Mörderin und wirst nun bestraft."

Darauf lachte sie nur laut auf: „Mich bestrafen? Weißt Du nicht, wer ich bin? In Griechenland nennen die Menschen mich Nemesis, hier Banshee." Mit einem letzten schrillen Lachen löste sich Banshee in Luft auf.

Geschockt blickte Merlin auf die nun leere Stelle. Seufzend begab er sich zum Frühstück und erklärte den anderen die Lösung des Falles. Dadurch stand der Fortsetzung der politischen Gespräche nichts mehr im Wege. Merlin überließ die Vertretung der britischen Interessen nun allein Beerdurst und verließ das Castle Ciderwind. Er freute sich darauf nach Britannien zurückzureisen und sich in Schloss Camelot von den Aufregungen der letzten Zeit zu erholen. Ob er wohl Banshee eines Tages wieder traf? Hoffentlich nicht.

Das Sandfrauchen

Kurz vor den magischen Nachrichten saßen von Schloss Camelot bis in dem dunklen Finsterklammwald alle jungen Töchter von Magiern, Hexen, Feen und Elfen vor ihren Zauberkugeln und schauten gebannt „Das Sandfrauchen". Die mit ihnen ungefähr gleichaltrige Sandy Sandflöckchen spielte ihre Rolle mit so viel unnachahmlichen Charme, dass selbst alte Hexen wie Sybilla Schrumpelzahn keine einzige Folge dieser magischen Kindersendung verpassten. Alle, alle himmelten Sandy schwärmerisch an, vor allem ihr süßes Lächeln. Kein Teeny hätte entzückter sein können als die alte Sybilla. Da die gesamte weibliche Welt von Schloss Camelot bis zum kleinsten Hexenhaus gleichzeitig ihre Zauberkugeln benutzte, brach um diese Uhrzeit nicht selten die Versorgung mit magischer Energie völlig zusammen. Ein Umstand, der früher oder später zu katastrophalen Folgen führen musste. Die Beliebtheit vom „Sandfrauchen" lag nicht nur am kindlichen Charme Sandys, sondern auch an der originellen Gestaltung ihrer Sendung. Es gab neben netten Geschichten auch kurze, kompakte Berichte über allerlei Dinge des Lebens. Dinge, welche Frauen allen Alters interessierten. So kam eines Abends der Bericht über den veganen Lieferservice der Elfe Shirly Sherlocklinchen. Sandy berichtete gerade für ihre Zuschauer von dort, als das Schreckliche geschah! Den Zuschauern stockte zuerst an ihren Zauberkugeln der Atem, bis sie in einen kollektiven Aufschrei ausbrachen. Was war geschehen?

Die entsetzliche Tat

Mitten in der Sendung nahte eine große, dunkle Staubwolke sich den beiden Mädchen, verfinsterte kurz die Sicht völlig und als die Staubwolke wieder verschwand, stand Shirly allein in ihrem Hof. Keine Spur von Sandy mehr zu sehen! Völlig ratlos blickte die vegane Elfe vor sich hin, genauso wie die Zuschauer daheim. Doch nach kurzer Schockstarre zauberten sich alle Zuschauer auf Shirlys veganen Hof, um die Entführung der beliebten Sandy blutig zu rächen. Es erschienen einzelne Hexen wie Sybilla Schrumpelzahn, Jagdexpeditionen von Feen auf ihren Einhörnern und Elfen mit Jagdhunden. Auch der Zauberer Merlin und seine Tochter Mandy eilten an den Tatort. Ein Duo, welches schon viele Verbrechern aufklärte, meistens zusammen mit der inzwischen völlig verwirrten Elfe Shirly. Es ging zu, wie auf einem magischen Rummelplatz. Empörte Zuschauer der Sendung erschienen und eilten in die Richtung, welche die Staubwolke nahm. Wer oder was verbarg sich darunter? Welchen Zweck verfolgte der Entführer? Lösegeld? Doch wie dem auch sei, wie konnte der Täter erwarten, den vielen magischen Lebewesen zu entkommen, die gerade die Jagd auf ihn eröffneten?

Die Jagd wird ausgeweitet

Auf ihren Besen fliegende Sturmhexen nahmen nun die Luftaufklärung auf. Trolle welche Werwölfe als Jagdhunde nutzten, eilten ebenfalls zur Hilfe. Vampire boten an, nachts an der Suche teilzunehmen. Am frühen Abend ging es aus naheliegenden Gründen noch nicht. Merlin, seine Tochter Mandy und Shirly begannen mit ihren gewohnten Ermittlungen. Fußspuren gab es keine zu sichern. Einerseits wehte die Staubwolke ohnehin alle Fußspuren zu, andererseits zertrampelten die wütenden Rettungskommandos alles an eventuellen restlichen Spuren. Dazu stellte sich ein weiteres Problem heraus: Einen magischen Fingerabdruck des Täters konnte Merlin nicht nehmen, da nirgends ein Fingerabdruck des Täters existierte. Höchstens an der entführten Sandy, aber das nutzte im Moment nicht das Geringste.

Shirly sprach: „Wir könnten den anderen folgen. Aber ich glaube nicht, dass es etwas bringt. Der Entführer wird sich einen Trick überlegt haben, um die ganze Jagdexpedition abzuschütteln."

„Stimmt", pflichtete Mandy bei. „So naiv ist kein Verbrecher, die aufgebrachten Verfolger direkt zu seinem Versteck zu bringen."

Merlin seufzte schwer: „Hoffentlich steckt nicht wieder die grässliche Moorhexe dahinter. Die ist zwar tot, aber das Böse taucht immer wieder auf. Es scheint irgendwie unsterblich zu sein."

Seine Tochter Mandy warf zitternd ein: „Ja, so wie die böse Fee Morgana. Irgendwann sehen wir sie wieder. Bitte bloß nicht heute! Denn das würde die Überlebenschancen von Sandy sehr vermindern."

Geknickt blickten die drei Detektive ins Leere.

Jetzt aber los!

„Auf geht's! Was steht Ihr hier noch so nutzlos rum?", erscholl plötzliche eine knarrende Stimme. „Ich habe zwar nur einen Schrumpelzahn, aber damit noch mehr biss, als Ihr drei bekannten Detektive zusammen!", fuhr die Hexe Sybilla Schrumpelzahn fort.

„Ja, aber wo sollen wir denn suchen?", erkundigte sich Shirly hilflos.

„Sowas fragt die Elfe Shirly Sherlocklinchen? Ich dachte, Du seist die Superdetektivin? Natürlich macht es keinen Sinn, wie die anderen der fingierten Spur nachzurennen. Wie ein Fuchs wird der Täter irgendwo einen Haken schlagen und die anderen rennen ahnungslos an ihm vorbei. Da hilft nur eins: Nachdenken wer dahinter stecken könnte und Nachforschungen bei dessen möglichem Verstecken anstellen."

Wie im Chor antworteten die drei weltberühmten Ermittler: „Ja, Oberdetektivin Schrumpelzahn! Bei wem sollen wir beginnen? Wer ist der Hauptverdächtigste?"

Die alte Hexe erwiderte stolzgeschwellt: „Die Oberdetektivin verdächtigt die Maus Riesenmausos, den Drachen Draxo Feuerspei, die stets hungrigen Kobolde und Trolle sowie einige meiner Hexenverwandten. Nebenbei kommen auch Vampire, Werwölfe usw. in Frage. Wir haben also viel Arbeit vor uns, weil es keinerlei Hinweis auf den Täter gibt. Ich schlage deshalb vor, wir beginnen bei den verdächtigsten und arbeiten uns langsam zu den weniger verdächtigen magischen Wesen vor."

Mandy warf ein: „In einem Krimi ist es aber immer so, dass der Unverdächtigste der Täter war. Also sollten wir mit den unwahrscheinlichsten Tätern zuerst beginnen."

Verächtlich rief die Hexe: „Dies ist kein Krimi, sondern das echte Leben!"

Schwierigkeiten

Merlin mischte sich ins Gespräch ein: „Selbst wenn wir den Täter vor den anderen finden, wie sollen wir ihn sicher in den Kerker von Camelot bringen? Allen denen wir mit dem Gefangenen begegnen, werden ihn zu Recht lynchen wollen."

Die Hexe Schrumpelzahn zischte: „Der elende Schuft wird in meinem Backofen landen! Wer die arme Sandy entführt, hat nichts Besseres verdient!"

Shirly erkundigte sich fassungslos: „Sie wollen den Täter wirklich essen? Wird er Ihnen nicht schwer im Magen liegen?"

„Nein, warum denn?", wollte die Hexe erstaunt wissen. „Ich bin doch keine Veganerin und werde mir diesen Sonntagsbraten auf keinen Fall entgehen lassen."

Shirly erinnerte das an den gefräßigen Troll Rufus Rumpelfuss. So langsam kam die Elfe darauf, dass sich viele magische Wesen mehr ähnelten, als sie bisher wusste.

Die praktische Mandy warf ein: „Was schwatzen wir noch? Lasst uns mit der Jagd beginnen! Schließlich wollen wir diesen magischen Desperado als erste fassen! Es macht keinen Sinn, das Fell des Bären zu verteilen, bevor er erlegt ist. Das können wir hinterher immer noch!"

Wo mochte sich dieser magische Outlaw mit seiner Gefangenen wohl verstecken? In einer Höhle? In einer Geisterstadt? In den einsamen Bergen? Es gab unwahrscheinlich viel Versteckmöglichkeiten. So viele, dass vielleicht für die arme Sandy jede Hilfe zu spät kam.

Schockstarre

Mandy und Shirly standen wegen der Entführung ihres Teenieidols noch völlig unter Schock, weswegen sie widerstandslos die Führung der Hexe überließen. Merlin machte sich wie viele Männer wenig aus der Sendung „Das Sandfrauchen", er schaute es stets nur wegen seiner Tochter an. Da bei ihm keinerlei emotionale Gefühle das Denken überlagerten, plante der Zauberer in Ruhe schon weit voraus. So weit, bis zur Verhaftung des Bösen. Die Ermittlungen verliefen in den letzten Jahren meist sehr schwierig, aber zum Schluss kam immer das große Hauptproblem, den Täter zu verhaften. Besaß dieser wie seinerzeit die grässliche Moorhexe starke magische Kräfte, so bestand die Möglichkeit eines Sieges des Bösen. Denn die beiden Mädchen mussten erst noch viel in der magischen Schule lernen, bis sie ihm eine mächtige Hilfe beim Schlussduell werden konnten. Die sehr alte Hexe Schrumpelzahn hingegen besaß viel magische Energie. Beim Kampf gegen so gefährliche Meisterverbrecher wie die böse Fee Morgana, wäre die Hexe eine wichtige Unterstützung. An diesen Erwägungen kann der geneigte Leser erkennen, dass Merlin andere Personen verdächtigte als die Hexe Schrumpelzahn. Der Autor dieses Buches hingegen dachte an noch ganz andere Täterkreise. Nämlich an die Nachfolgerin von Sandy beim „Sandfrauchen". Diese hatte zweifellos das stärkste Motiv. Oder die Leute vom magischen Konkurrenzsender, welche wegen Sandys Sendung so gut wie keine Zuschauer besaßen. Es gab im Leben auch oft emotionale Gründe für Entführungen: fanatische Fans, ein eifersüchtiger Freund, Verehrer die einen Korb bekamen. Doch durften diese Möglichkeiten nicht über die Gefahr hinwegtäuschen, dass genauso gut gerade ein furchtbares Monster die arme Sandy verspeiste. Sozusagen Mundraub als Tatmotiv!

Wer nur?

Wie bei allen vorherigen Fällen Merlins in dieser Fantasy Krimi Reihe wimmelte es also nur so vor vielen Verdächtigen. Reizvoll bei Fällen, in denen der Meisterdetektiv Zeit besaß, diese ganz in Ruhe zu lösen. Bei einer Entführung hingegen zählte jede Minute, ja sogar jede Sekunde, in welcher viel Grauenvolles geschehen konnte.

Die Zeit brannte also unseren Helden und Vorbildern noch mehr als sonst unter den magischen Fingern. Doch ihre sehr große Erfahrung nutzte ihnen nicht viel, so lange das Motiv im Dunklen blieb. Erhellte sich dieses, schieden automatisch eine Reihe Verdächtiger aus.

Grübelnd meinte Mandy: „Es gibt hier in der Gegend so viele potenzielle Täter! Auf wen sollen wir bloß tippen? Was ist, wenn es tatsächlich nur eine Entführung ist? Ganz ohne jedes sonstige Motiv? Dann wird der Fall noch schwerer zu lösen sein."

„Kommt darauf an", erwidert Shirly. „Bei meiner Cousine auf dem magischen Lama- und Alpakahof wurde auch mal jemand entführt. Der Täter verlangte als Lösegeld 50.000 frische Brathähnchen, dadurch fiel es leicht, ihn zu überführen."

„Ja", stimmte Mandy zu. „Dieses Abenteuer Deiner Cousine habe ich auch gelesen. Es stand in dem spannenden Buch: ‚Geheimnisvolle Weihnachten mit Hexe, Drache und schüchterner Fee', wobei mir immer wieder auffällt, dass Deine Cousine keine Detektivin wie wir ist und dennoch laufend Aufregendes erlebt. Beim Lesen ihrer vielen Autobiographien denke ich oft: das arme Ding, zum Glück ist uns das alles nicht selber passiert! Z.B. die Sache mit dem ägyptischen Gott Anubis oder dem Tyrannosaurus Rex."

„Stimmt", gab Shirly ihr Recht. „Aber wie ich immer sage: jeder, was er verdient. Davon abgesehen sind unsere Fälle auch oft gefährlich genug."

Seufzend nickte Mandy bestätigend. Dabei kamen ihr einige Abenteuer in den Sinn, die sie nur ganz knapp überlebten. Wer wusste schon, wie lange das weiterhin so gut klappte? Ging der Krug so lange zum Brunnen, bis er zerbrach? Sollte das Detektivtrio lieber rechtzeitig in Rente gehen? Doch um ehrlich zu sein: Konnte ein echter Detektiv dem Ruf eines ungelösten Falles jemals widerstehen? So viele Detektive in der Vergangenheit ließen sich selbst im höchsten Alter noch vom Ruf nach Wahrheit anlocken. Sicherlich würde es ihnen auch nicht besser ergehen. Also lieber gleich am Ball bleiben!

Durchsuchungen

„Zuerst suchen wir auf Shirlys veganem Hof nach dem Täter", schlug Mandy vor. „Denn das wäre schließlich das raffinierteste Versteck für die Entführer. Auf die Idee, hier zu suchen, wird außer uns niemand kommen."
Verblüfft mussten die andern ihr Recht geben. Auf Shirlys Hof arbeiteten viele Schrumpelzwerge, die durchaus als Entführer in Frage kämen. Dazu standen überall Schuppen, Heuschober und sonstige Versteckmöglichkeiten. Die Hexe trat aus versehen auf einen Rechen, der ihr dabei auf ihren einzigen Zahn schnellte. Um ein Haar hätte die Hexe Schrumpelzahn danach künftig Hexe Ohnezahn heißen müssen. Die Zahnfee lauerte schon hinter einem Gebüsch auf die neue Zahnbeute. Leider umsonst! Die arme Zahnfee! Vor sich hinbruddelnd leitete die Hexe Fastohnezahn die Durchsuchung des großen Geländes. Erstaunlich, dass ein Schulkind wie Shirly nebenbei zur Schule noch so einen großen veganen Hof leitete. Es steckte mehr hinter der kleinen Elfe, als mancher bisher vermutete.

Fund

Die Hexe Fastohnezahn die wir aber doch lieber weiterhin Schrumpelzahn nennen wollen, schlug vor: „Auf diesem Gelände ist es schwer, etwas zu finden, am besten starte ich den magischen Radar."

Shirly rief begeistert: „Eine Superidee! Wir haben bei unseren bisherigen Fällen nie daran gedacht."

Die Hexe murmelte etwas Verächtliches, während der Radarzauber startetet. Wenige Meter von ihnen entfernt zeigte er eine Spur von Sandy an.

Während sie darauf zugingen, geriet Mandy vor Freude fast außer sich: „Das ist bestimmt da hinten in dem verrotteten Schuppen."

Beleidigt zuckte Shirly zusammen: „Auf meinem vorbildlichen veganen Hof ist nichts verrottet, außer vielleicht Deine Ausdrucksweise."

Mandy bruddelte vor sich hin: „Veganer sind wirklich anstrengend."

Zum Glück hörte es die Elfe nicht, aber Merlin. Bestätigend nickte er mit dem Kopf. Im Schuppen fanden unsere Helden Sandys magisches Handy. Die Entführte wurde hier also kurze Zeit versteckt, bis fast alle der falschen Spur der Staubwolke folgten. Ob das Handy ihnen etwas nützte?

Das magische Handy

Mandy bückte sich begeistert danach, als Merlin streng schrie: „Nicht anfassen! Wir nehmen erst einen magischen Fingerabdruck!"

Die Hexe pflichtete ihm herablassend bei: „Genauso müssen Profis arbeiten!"

Der Fingerabdruck ergab, dass das Handy tatsächlich Sandy gehörte.

Shirly schlug vor: „Lasst uns mal den magischen Anrufbeantworter abhören, vielleicht ist ein wichtiger Hinweis darauf!"

Merlin murmelte verärgert: „Magischer Anrufbeantworter! Wohin ist unser schönes Mittelalter bloß gekommen! Schrecklich, mit unserer guten, alten Zeit geht es steil bergab!"

Doch niemand hörte ihm zu, weil der Anrufbeantworter Flötentöne von sich gab. Sehr bekannte, sehr, sehr gefährliche! Mit diesen Flötentönen führte die Spur des Entführers endgültig in höchst gefährliche Regionen. Denn diese Melodien bliesen nur zwei höchst gefährliche Wesen: Banshee und der griechische Gott Pan, vor dem jeder zu Recht panische Angst hatte. Egal, wer von beiden die arme Sandy entführte, die Chancen sie zu befreien sanken erheblich.

Wohin?

Alle überlegten gleichzeitig: „Sollen wir nach Griechenland, um der Spur des Gottes Pan zu folgen oder nach Irland, zur Todesfee?"

Shirly flüsterte: „Diese Fleischesser sind doch alle gleich gefährlich! Die besten Lebewesen sind alle veganer."

Woraufhin die Hexe Schrumpelzahn Mandy beim Antworten zuvorkam: „Ach, ja? Hast Du schon gewusst, dass Banshee eine der bekanntesten Veganerinnen ist?"

Shirly schluckte darauf mehrmals, versuchte etwas zu erwidern, es blieb aber sehr betroffen stecken.

Merlin sprach unterdessen: „Da wir in Britannien sind, wird vermutlich Banshee die Entführerin sein. Ich glaube nicht, dass ein griechischer Gott sich stark mit uns beschäftigen würde. Die haben bei sich da unten genug zu tun."

Mandy erkundigte sich neugierig: „Sollen wir bei Banshee einen Überrumpelungsangriff versuchen?"

Doch die Hexe winkte ungeduldig ab: „Das kannst Du vergessen! Todesfeen haben überall magische Alarmanlagen. Bevor wir auch nur in Sichtweite sind, weiß Banshee schon Bescheid. Deshalb schlage ich vor: Wir nähern uns ganz offen und bitten um die Freigabe der Entführten. Falls sie überhaupt noch lebt." Hier schniefte die Hexe äußerst gefühlvoll.

„Und wenn Sandy schon tot ist?", wollte Shirly wissen.

„Dann machen wir die Todesfee platt!", platzte die Hexe hasserfüllt heraus. „Wehe, Dir, Banshee!"

Der Todeswald

Sie zauberten sich in Banshees Todeswald und riefen nach ihr. Nach einer Weile erschien die Todesfee und fragte nach ihrem Begehren. Als die Hexe dieses elanvoll vortrug, lachte sich die Todesfee fast zu Tode. „Der Tod der Todesfee!", welche Schlagzeile wäre das für die magischen Nachrichten gewesen!

„Warum lachst Du so?", fragte Merlin empört.

„Weil Ihr keine Ahnung über die Wahrheit habt!"

„Was ist denn die Wahrheit?", erkundigte sich Mandy bange.

Die Todesfee erläuterte: „Diese junge Dame hier, Shirly, organisierte zusammen mit Sandy deren eigene Entführung." Verblüfft starrten alle Shirly an. Banshee fuhr fort: „Dieses machten die beiden schon vor langer Zeit aus, weil Sandy aus ihrem Job aussteigen und ein ruhiges Aussteigerleben auf dem Lande bei Shirly führen wollte. Da sie aber beliebt ist, hätte das nicht funktioniert. Jeden Tag wären Horden von Fans vorbeigekommen, um Sandy auf Shirlys Hof zu treffen. Daher täuschten sie eine Entführung vor."

Die Schuld

„Aber sie wurde doch wirklich entführt!", platzte es aus Mandy heraus.

„Ja, von mir. Denn auch ich bin schon lange ein Fan von Sandy und darum lag mir viel an ihrem Schutz am Herzen."

„Am Schutz?", hakte Mandy ungläubig nach.

„Ja, am Schutz vor der Hexe Schrumpelzahn, welche Sandy in ihrem privaten magischen Zoo ausstellen wollte."

„Gar nicht wahr!", brüllte die durchschaute Hexe und verschwand blitzschnell.

„Ohne magische Bodyguards wäre das Aussteigen für Sandy viel zu gefährlich gewesen. Deshalb habe ich sie hierher gebracht, damit Sandy sich ihre künftigen Leibwächter in meinem Wald selber aussuchen kann."

„Und wo ist Sandy jetzt?", erkundigte sich Shirly.

„Hinter Dir!", erscholl es plötzlich von Sandy. Mit ihren neuen Leibwächtern lief sie zur Todesfee, umarmte diese herzlich, dankte für deren Hilfe und kehrte anschließend mit ihren neuen Leibwächtern und unseren Freunden auf Shirlys Hof zurück.

Ermahnung

Sandy erklärte dort: „Um mich vor Horden von Fans zu schützen, gelobt bitte alle Schweigen über meinen Aufenthaltsort. Dies gilt auch für die werten Leser dieses biographischen Buches. Wenn alle schweigen, dann kann ich hier auf Shirlys Aussteigerhof ein friedliches Leben genießen."

Alle versprachen es.

Mandy fügte hinzu: „Aber mit Dir Shirly, habe ich noch ein veganes Hühnchen zu rupfen! Uns so lange hinters Licht zu führen!"

Shirly errötete: „Ich wusste ja bis vor kurzem auch nicht, wer Sandy nun tatsächlich von meinem Hof entführte. Unser Trick funktionierte offensichtlich nicht besonders gut, wenn Banshee und die Hexe Bescheid wussten."

Sandy schauderte es: „Erstaunlich, was für Fans ich habe. Niemand hätte wohl solche Fans wie die Hexe Schrumpelzahn und Banshee vermutet. Die ist übrigens sehr nett! Wir haben viel selbstgemachten Früchtetee getrunken und sie hat mir viele herrlich gruslige Geschichten aus ihrem Leben erzählt. Und was für leckere Kekse sie backen kann! Da lohnt es sich fast, nochmals von ihr entführt zu werden."

„Lieber nicht", ächzte Merlin. „Das Ganze hat mir doch sehr zu schaffen gemacht."

„Mir auch", pflichtete Mandy seufzend bei.

Hätten die Ärmsten gewusst, was noch auf sie zukam, wären unsere Detektive doch wohl lieber in den Ruhestand gegangen. Die Abenteuer aus diesem Buch bildeten einen sehr harmlosen Vorspann auf die Schrecken, die bald in der Fortsetzung folgen sollten.

Michael Kerawalla

Die weite Reise

Maggy saß mit traurigem Blick auf dem Bett neben ihrer schwerkranken Mutter. Der kürzliche Tod ihres Vaters hatte beide hart getroffen und das Leben war seit dieser Zeit immer schwerer geworden. Die Gesundheit der Mutter hatte darunter sehr gelitten und es ging ihr inzwischen so schlecht, dass sie kaum noch aufstehen konnte. Ihr Gesicht war bleich und ihr Blick müde, aber das liebevolle Lächeln, das sie ihrer fünfzehnjährigen Tochter schenkte, war wie immer warm und voller Güte.

»Meine liebe Maggy! Wie du weißt, werde ich nicht mehr lange bei dir sein. Ich möchte dich gut versorgt wissen, weshalb ich meinen Bruder Dean gebeten habe, dich nach meinem Ableben aufzunehmen. Heute hat er mir einen Brief geschrieben, dass er und seine Frau sich gerne um dich kümmern wollen. Er hat auch noch Geld geschickt, damit du dir auf einem großen Schiff eine schöne Kabine für eine angenehme Überfahrt leisten kannst.«

»Aber Mama, ich will doch nicht weggehen, sondern bei dir bleiben!«, sagte Maggy erschrocken. »Bitte schick mich nicht weg!«

»Ich weiß, mein Kind! Aber es ist zu deinem Besten! Mein anderer Bruder Cole ist kein guter Mensch. Jetzt, wo wir nur noch wenig Geld besitzen, wird er dich nur ungern aufnehmen und auch sicher nicht gut behandeln! Bei Dean hast du es viel besser! Er wird sich gut um dich kümmern. Das Land, wo er wohnt, erlebt gerade einen wirtschaftlichen Aufschwung, während unser Land auf eine Hungersnot zusteuert. Hier hast du keine Zukunft, aber bei Dean wird es dir mit Sicherheit gut gehen. Dort wirst du ein angenehmes Leben haben und ich muss mir keine Sorgen um dich machen. Dann kann ich in Frieden von hier gehen.«

Maggy stiegen die Tränen in die Augen. »Aber Mama, bitte geh nicht weg von mir! Du bist mir doch als Einzige geblieben und ich hab dich ganz arg lieb!« Dann fiel sie ihrer Mutter um den Hals und weinte leise.

Die kranke Frau streichelte ihre Tochter sanft. »Keine Sorge, ich werde trotzdem immer bei dir sein und dich zusammen mit Ivy beschützen.«

Zur gleichen Zeit saß Ivy, die Banshee der Familie, draußen vor dem Fenster vom Zimmer der Mutter und beweinte deren nahen Tod.

*

Wenige Tage später starb die Mutter. Ivy und Maggy beweinten gemeinsam ihren Tod, während Cole das Begräbnis und die Formalitäten erledigte. Die Mutter hatte Maggy noch genügend Geld mitgegeben, damit ihr der Start für ihr neues Leben leichter fiel. Außerdem hatte sie dem Mädchen noch eine teure Brosche überreicht, die ihr in Zeiten der Not helfen sollte. Davon wusst Cole natürlich nichts, sonst hätte er ihr das Geld und die Brosche weggenommen. Der geldgierige Mann behandelte Maggy tatsächlich sehr schlecht, während sie bis zur Ankunft des Schiffes bei ihm wohnte. Als es wenige Tage später so weit war, fuhr Cole sie zum Hafen, setzte sie in der Nähe des Landungsstegs ab, verabschiedete sich mürrisch und ließ Maggy dann einfach stehen! So musste sich das junge Mädchen erst einmal durchfragen, bis es den

Fahrkartenschalter fand. Dort kaufte sie ein Ticket für die Überfahrt mit der Ninvyka in einer geräumigen Einzelkabine. Der freundliche Mann am Schalter erklärte Maggy den Weg zur Anlegestelle des Schiffes und wünschte ihr noch eine gute Überfahrt, worauf sie das Mädchen gerührt bedankte und dann zum Kai lief. Der Anblick des riesigen Segelschiffes raubte ihr den Atem. Mit großen Augen betrachtete Maggy den Viermaster, als ein Matrose sie ansprach.

»Ist'n ganz schön dicker Brummer, unsere Ninvyka«, sagte der junge Mann lächelnd.

»Wollen'se auch mitfahren?«

»Oh ja!«, antwortete Maggy immer noch beeindruckt vom Anblick des großen Schiffes.

»Warten'se noch auf ihre Eltern?«, erkundigte sich der Matrose.

»Nein, ich fahre alleine«, antwortete Maggy schüchtern.

»Verstehe«, sagte der junge Mann und wandte sich dem Segler zu. »Sehn'se den Aufgang dort an der Bordwand?«, fragte der Matrose und zeigte auf die entsprechende Stelle. Maggy nickte. »Da müssen'se hin, dort geht's aufs Schiff.«

Maggy bedankte sich erfreut und eilte zur Einstiegsstelle, soweit ihr schwerer Koffer es zuließ.

»Gute Reise!«, rief ihr der Matrose noch nach, worauf Maggy ihm einen kurzen Dank aussprach. Wenig später erreichte sie den Aufgang, zeigte ihre Fahrkarte und wollte schon die Gangway hinauf laufen.

»Einen Moment junge Dame! Der Koffer ist doch viel zu schwer für sie!«, sagte einer der Offiziere freundlich, rief einen Matrosen herbei, der den Koffer an sich nahm und Maggy nach oben begleitete. Dort führte der junge Mann das Mädchen durch die zahlreichen Gänge des

Schiffes zu ihrer Kabine und legte den Koffer auf den Tisch. »So, da wären wir. Ich hoffe, sie fühlen sich hier wohl.« Darauf nannte der Matrose ihr noch die Essenszeiten, zeigte ihr den kleinen Bordladen und den Speisesaal. »Wenn sie irgendwelche Fragen haben, wenden sie sich einfach an die Besatzung. Die helfen Ihnen gerne weiter. Kann ich noch etwas für sie tun?«

Maggy war viel zu überwältigt und schüttelte nur den Kopf.

»Dann wünsche ich eine gute Überfahrt!«, sagte der junge Mann, als er Maggy wieder zu ihrem Wohnraum brachte. Das Mädchen bedankte sich höflich und winkte dem Matrosen noch kurz zu, bevor sie sich in ihre Kabine begab. Dort setzte sie sich erst einmal auf das Bett und sah sich um. Ein großes Bullauge in der Bordwand sorgte für angenehme Helligkeit.

In diesem Moment materialisierte Ivy aus Maggys Schatten und setzte sich neben sie. Als letztes Mitglied ihrer Familie begleitete sie nun Maggy, um sie zu unterstützen und zu beschützen. »Alles in Ordnung?«, fragte Ivy vorsichtig.

»Ach, es ist alles noch so neu und aufregend! Das kommt mir alles noch wie ein Traum vor.« Dann umarmte sie Ivy. »Danke, dass du mich begleitest! So fällt mir das alles viel leichter und ich habe keine Angst!«

»Mach' ich doch gerne!«, antwortete Ivy sanft und streichelte das junge Mädchen. »Wenigstens hast du eine schöne Kabine. Hier kannst du die Reise sicher und angenehm erleben.«

»Hmmm«, summte Maggy zustimmend. »Bin auch froh, dass sie so geräumig und hell ist. Dank Onkel Deans großzügiger Spende kann ich so die Überfahrt genießen.«

»Wenn das Schiff ablegt, solltest du aufs Oberdeck gehen. Es ist schon recht beeindruckend, wenn sie die Segel aufziehen und das Schiff den Hafen verlässt.«

»Hast du das schon einmal erlebt?«, fragte Maggy.

»Ja, deine Eltern sind damals als junges Ehepaar mit dem Schiff hierher gefahren. Da war ich auch mit dabei«, erklärte Ivy.

»Dann musst du aber schon ziemlich alt sein, wenn du das schon miterlebt hast«, sagte Maggy überrascht.

»Das bin ich tatsächlich«, bemerkte Ivy lächelnd. »Ich begleite deine Familie schon seit vielen Generationen.«

»Wirklich?«, fragte Maggy überrascht.

»Oh ja! Wir Banshees sind nämlich unsterblich. Deswegen werde ich auch dich dein ganzes Leben lang begleiten.«

»Danke, das ist total lieb von dir«, sagte Maggy gerührt und umarmte Ivy nochmals. »Dann hab' ich ja eine unsterbliche Freundin!«

»So ist es!«, bestätigte Ivy lächelnd und streichelte Maggy übers Haar.

Darauf entnahm das junge Mädchen alles, was sie für die Überfahrt brauchte, aus dem Koffer und räumte es an die dafür vorgesehenen Plätze. Anschließend begab sie sich auf das Oberdeck, weil das Ablegen des Schiffes bevorstand, während sich Ivy wieder in Maggys Schatten verbarg. Es war wirklich beeindruckend, als ein Teil der großen Segel entfaltet wurden und sich im Wind blähten. Maggy bewunderte auch die Matrosen, die sich dabei in großer Höhe auf schmalen Stegen mit nahezu traumwandlerischer Sicherheit bewegten. Als sie ganz nach oben sah, zu den Spitzen der riesigen Masten, wurde ihr schwindlig, so dass sie ihren Blick lieber auf die Küste richtete, von der sich das Schiff allmählich entfernte.

Dort winkten viele Menschen ihren Freunden und Verwandten auf dem Schiff zu, teils erfreut, teils mit Tränen im Gesicht. Der Anblick, des sich entfernenden Ufers war plötzlich wie ein Stich in Maggys Herz, weshalb ihre Augen feucht wurden. Schließlich hielt sie den Anblick nicht mehr aus, eilte in ihre Kabine, setzte sich aufs Bett und weinte leise.

Ivy materialisierte neben ihr und nahm das Mädchen in den Arm. »Warum weinst du denn?«, fragte sie behutsam.

»Als sich das Ufer entfernte, wurde mir auf einmal klar, dass ich dieses Land vielleicht nie wieder sehe! Aber hier bin ich doch aufgewachsen, hab meine Kindheit hier verbracht und meine Eltern liegen dort, deren Grab ich nun wohl niemehr besuchen kann! Ich hab' keinen lieben Menschen mehr, nur du bist mir noch geblieben...« Maggys Stimme brach, während sie sich weinend an Ivy schmiegte. »Jetzt fahre ich in ein weit entferntes, fremdes Land, zu Menschen, die ich kaum kenne. Was erwartet mich dort? Werden Onkel Dean und Tante Martha mich mögen, oder werde ich eher eine Last für sie sein? Ach Ivy! Das macht mir alles auf einmal Angst und es tut so weh, mein Land und mein bisheriges Leben hinter mir zu lassen!«, sagte Maggy mit rauer Stimme, als sie sich wieder etwas gefangen hatte. »Wie soll ich das denn schaffen?«, fragte das junge Mädchen mit aufkommender Verzweiflung und schmiegte sich noch enger an Ivy. Bis zur Abfahrt des Schiffes hatte Maggy alles noch als ein großes Abenteuer empfunden und die Angst mit scheinbarer Euphorie überdeckt. Doch jetzt, wo sie tatsächlich auf dem Weg in ein neues Leben war, schob sich gnadenlos die Wahrheit in ihr Blickfeld und ließ ihren vorgegebenen Mut drastisch sinken. Jetzt war sie wieder das junge, unerfahrene Mädchen, allein auf einem großen Schiff und einem noch viel größeren Ozean, auf dem Weg in eine gänzlich ungewisse Zukunft! Nur in Begleitung einer Fee, die ihr als einziger Halt und Begleiter blieb. Doch die Banshee zeigte auch diesmal, wie einfühlsam und hilfsbereit sie war. Schon während Maggys frühester Kindheit, war sie immer für das Mädchen da, begleitete und beschützte sie. So, wie sie es auch jetzt wieder tat, Maggy Mut zusprach und ihr die aufkeimende Angst nahm, bis sich das junge Mädchen wieder beruhigte und einigermaßen zuversichtlich in die Zukunft sah.

*

So vergingen die ersten Tage auf See und Maggy gewöhnte sich schnell an das Bordleben. Weil das Wetter angenehm war, ging sie zuerst gerne auf dem Oberdeck spazieren, wurde dabei jedoch oft von den anderen Passagieren argwöhnisch angesehen, weil so ein junges Mädchen gewöhnlich nicht alleine reiste. Dies machte Maggy verlegen. Manchmal wurde sie auch darauf angesprochen, was dem jungen Mädchen noch unangenehmer war! Da war es ihr ganz recht, dass sie bald im Heck des Schiffes einen kleinen Balkon entdeckte, wo sie unbemerkt von den anderen Passagieren die Seeluft genießen konnte. Ivy leistete ihr natürlich Gesellschaft, nahm jedoch in dieser Zeit ihre halbtransparente Erscheinung an, wodurch sie nur für Maggy sichtbar war. Nach einiger Zeit entdeckte ein recht junger Matrose, der zufällig an dem Balkon vorbeilief, das Mädchen, ging auf sie zu und plauderte zuerst freundlich mit ihr, kam Maggy dabei aber immer näher. Dann streichelte er ihre Wangen, anschließend ihre Arme, was Maggy schon recht unangenehm war. Als der Matrose dann jedoch wie zufällig ihre Brüste streichelte und schließlich sanft massierte, wich Maggy ängstlich zurück, doch die Seitenwand des Balkons hinderte sie an der Bewegung, während der Matrose ihr nahe blieb und Maggy weiter unsittlich berührte.

»Bitte, hören sie auf damit!«, bat Maggy und wollte seine Hände wegstoßen, was ihr jedoch nicht gelang, weil der Matrose wesentlich stärker als sie war.

»Nun zier dich doch nicht so. Ist doch schön!«, säuselte der Matrose und machte ungehemmt weiter.

»Bitte hören sie auf! Ich mag das nicht!«, sagte Maggy nun etwas energischer, doch der Matrose begrapschte weiterhin ihre Brüste.

In diesem Moment hörten beide ein tiefes, grollendes Knurren. Der Matrose schaute in Richtung des Geräusches und sah einen riesigen, schwarzen Hund mit rotglühenden Augen und gefletschten Zähnen, der langsam auf ihn zulief. Der junge Mann erschrak sehr, ließ Maggy los, wich zurück und rannte schließlich schreiend davon. Das Mädchen blickte den Hund erschrocken an, der seine drohende Haltung aufgab und Maggy grinsend zuzwinkerte. Dann nahm er Ivys Gestalt an.

»D...d...du warst das?«, stotterte Maggy. »Wie hast du denn das gemacht?«

»Wir Banshees können jede Gestalt annehmen«, erklärte die Fee schmunzelnd.

»Jetzt hast du mich aber auch ganz schön erschreckt«, maulte Maggy halbernst.

»Tut mir leid, aber so sind wir den Unhold am schnellsten losgeworden«, entschuldigte sich Ivy.

»Hast ja recht! Danke für deine Hilfe!«, antwortete das junge Mädchen versöhnlich.

»Gern geschehen! Ich schätze, den sehen wir so schnell nicht wieder«, meinte die Banshee verschmitzt.

»Bestimmt nicht!«, bestätigte Maggy kichernd.

»Wenn so etwas öfter passiert, ist es wohl besser, wenn du wieder aufs Oberdeck gehst«, riet Ivy.

Maggy verzog das Gesicht. »Mag ich aber nicht!« Dann begann sie zu grinsen. »Jetzt, wo ich meinen eigenen Wachhund habe, kann mir ja nichts passieren!«

Ivy warf ihr einen strafenden Blick zu, knurrte scherzhaft und schnappte nach Maggy, die lachend zurückwich. Darauf verstrubbelte die Banshee dem Mädchen die Haare. »Frechdachs!«, brummte sie in gespieltem Ärger.

*

Der junge Matrose, welcher Maggy belästigte, kam atemlos bei seinen Kameraden an. »Wir haben einen riesigen schwarzen Hund mit glühenden Augen an Bord«, rief er panisch.

Die anderen Matrosen sahen von ihrem Kartenspiel auf, warfen sich amüsierte Blicke zu und lachten schallend. »Sag mal, hast wohl wieder zu sehr am Rum geschnüffelt!«, meinte einer seiner Kameraden.

»Ich bin nicht betrunken! Den Hund gibt's wirklich!«, rief der junge Matrose empört, was nur zu weiterem Gelächter führte.

»Klar doch, den hat bestimmt ein Passagier in seinem Koffer mitgebracht«, sagte ein anderer Matrose spöttisch.

»Mensch Junge, du weißt doch, dass Tiere an Bord nicht erlaubt sind!«, bemerkte ein alter Matrose. »Wie soll der denn aufs Schiff gekommen sein? Unser Lademeister hätte den sofort über Bord geworfen!«

»Aber nicht, wenn er im Koffer steckt!«, witzelte der andere Matrose nochmals, worauf der Alte nur abwinkte. »Jetzt beruhige dich und setz dich zu uns.« Der alte Matrose winkte ihn heran.

»Aber, ich hab' ihn doch wirklich gesehen!«, raunte der junge Matrose verzweifelt.

Der alte Matrose legte väterlich den Arm um ihn. »Weißt du, das Meer macht jeden mit der Zeit meschugge! Uns ist allen schon mal der Klabautermann oder irgendeine seltsame Kreatur erschienen, die es gar nicht gibt, und das liegt nicht nur am Rum! Also mach dir nichts draus und spiel lieber mit uns Karten.«

So ergab sich der junge Matrose in sein Schicksal, wurde noch ein paarmal aufgezogen, doch dann war das Thema erledigt.

*

Am nächsten Tag verschlechterte sich das Wetter und ein Sturm zog auf, wodurch die Passagiere gezwungen waren unter Deck zu bleiben. Viele von ihnen wurden von der Seekrankheit heimgesucht und litten bald schon unter ständiger Übelkeit. Auch Maggy ging es nicht anders, doch die Banshee nahm ihr mit Magie das Unwohlsein. So konnte sie den Tag wenigstens ohne Magenbeschwerden verbringen, wenngleich ihr von dem Geschaukel des Schiffes immer wieder schwindlig wurde.

»Hättest du nicht auch Mamas Krankheit heilen können?«, fragte Maggy unsicher.

Ivy schüttelte den Kopf. »So stark ist meine Magie nicht«, erklärte die Fee geduldig. »Dazu hätte es starker Heilzauber bedurft, die ich jedoch nicht wirken kann. Meine

Aufgabe ist es, meiner Familie beizustehen und den Tod der Angehörigen zu betrauern, aber ich darf mich nicht gegen deren Schicksal wehren. Ich habe durchaus die Schmerzen deiner Mutter gemindert. Mehr konnte und durfte ich leider nicht tun.«

»Ich verstehe«, sagte Maggy und sah Ivy darauf entschuldigend an. »Hoffentlich habe ich dich jetzt nicht gekränkt.«

»Nein, keine Sorge! Das konntest du ja nicht wissen. So wie ihr Menschen euren Weg im Leben gehen müsst, hat auch jedes magische Wesen seine Aufgabe und ist dafür mit passenden magischen Kräften ausgestattet. Somit ist meine Macht Heilzauber zu wirken nur sehr begrenzt. Dafür kann ich jede Gestalt annehmen, die ich möchte.«

Maggy nickte verstehend. »Kannst du dich dann auch in einen Drachen verwandeln?«, fragte sie halbernst.

»Du meinst diese feuerspeienden Wesen aus deinen Märchenbüchern?«, fragte Ivy amüsiert.

»Hmmm«, summte Maggy und nickte.

»Wollen doch mal sehen«, meinte Ivy, erhob sich und stellte sich neben das Bett. Kurze Zeit später stand tatsächlich ein Drache vor Maggy, dessen langer Hals bis zur Zimmerdecke reichte. Das Wesen wandte dem Mädchen seinen Kopf zu. »Na, sieht doch wie ein Drache aus!«

»Tatsächlich!«, rief Maggy begeistert. »Kannst du auch Feuer speien?«

»Das lasse ich mal lieber sein, sonst verbrenne ich noch das Schiff, denn das ist aus Holz gebaut und leicht entflammbar«, antwortete der Drache. Wenige Augenblicke später stand Ivy wieder vor dem Mädchen.

»Wow! Das war klasse!«, sagte Maggy beeindruckt und klatschte leise Beifall.

»Behalt es aber für dich, sonst bricht noch Panik an Bord aus«, riet Ivy.

Maggy kicherte vergnügt, bei dieser Vorstellung.

»Wie es scheint, hat meine Magie gewirkt und dir ist nicht mehr übel«, bemerkte Ivy erfreut.

»Ja, dank dir geht es mir wieder gut«, versicherte das Mädchen. »Danke, dass du mich von der Seekrankheit befreit hast.«

»Gern geschehen!«, antwortete die Fee.

Danach wurde Maggy nachdenklich. »Sag mal Ivy, glaubst du, dass ich auch bald so krank werde, wie meine Mutter?«

»Nein, ganz sicher nicht! Wie kommst du denn darauf?«, fragte Ivy verwundert.

»Als Mama so krank wurde und die meiste Zeit nur noch im Bett lag, habe ich mich um sie gekümmert und bin ihr oft sehr nahe gekommen. Kann es sein, dass ich mich dabei mit ihrer Krankheit angesteckt habe?«, fragte Maggy besorgt.

Ivy schüttelte den Kopf. »Die Krankheit deiner Mutter war nicht ansteckend. Der Tod deines Vaters, die große Last, die somit auf ihren Schultern lag, die Sorgen und die Not haben deiner Mutter zu viel abverlangt. Ihr hohes Alter, das zunehmend schlechte Wetter, und das immer schlechtere Essen haben auch ihren Tribut gefordert, so dass ihr Körper eines Tages keine Kraft mehr hatte. Deshalb ist sie so krank geworden.«

»Habe ich doch nicht genug getan? Hab' ich ihr zu wenig geholfen? Bin ich vielleicht schuld, dass Mama so krank wurde?«, fragte Maggy ängstlich.

»Nicht doch!«, sagte Ivy beruhigend und nahm das Mädchen in den Arm. »Du hast alles getan, was in deinen Möglichkeiten lag, um deiner Mutter zu helfen.

Du hättest gar nicht mehr tun können! Das wäre die Aufgabe von Cole gewesen, aber der war nur auf das Geld eurer Familie aus und hat deine Mutter im Stich gelassen! Keine Sorge, du hast nichts falsch gemacht! Im Gegenteil!«, versicherte Ivy.

»Bist du sicher?«, fragte Maggy bedrückt.

»Ganz sicher!«, bestätigte Ivy und streichelte Maggy über den Kopf. »Du bist ein tolles, ganz arg liebes Mädchen und hast deine Mutter immer glücklich und stolz gemacht. Das hat sie mir einmal gesagt!«

»Wirklich?«, fragte Maggy überrascht.

»Ja, genau das hat sie gesagt«, versicherte Ivy.

Maggy wurde vor Verlegenheit rot. »So ein liebes Mädchen bin ich doch gar nicht.«

»Oh doch, das bist du!«, bestätigte Ivy nochmals. Dann begann sie amüsiert zu lächeln. »Nur manchmal ein bisschen frech!«, worauf sie Maggy scherzhaft an der Nase zog. Das Mädchen senkte verlegen den Blick. »Du bist etwas ganz Besonderes!«

Darauf errötete Maggy nochmals und bedankte sich schüchtern für das Kompliment. Schließlich hellte sich ihr Gesichtsausdruck auf. »Dann habe ich bei der Gesundheitsprüfung im Hafen also nichts zu befürchten?«, fragte das Mädchen hoffnungsvoll.

»Nein! Du bist kerngesund! Das kann ich spüren, und das wird auch so bleiben!«, beteuerte Ivy.

»Da fallen mir aber gleich mehrere Steine vom Herzen!«, sagte Maggy erleichtert.

»Ich hab' sie schon rumpeln gehört«, bestätigte Ivy scherzhaft, was Maggy ein Kichern entlockte.

*

Die restliche Reise verlief ohne besondere Geschehnisse und das Schiff erreichte wenige Tage später den Zielhafen, wo Maggy geduldig die Gesundheitsprüfung über sich ergehen ließ und dann den Landungssteg ihrer neuen Heimat betrat. An dessen Ende winkten ihr bereits Dean und Martha, worauf Maggy zu ihnen eilte. Onkel und Tante begrüßten sie erfreut und nahmen sie mit in ihr neues Zuhause. Das Paar wohnte in einem schönen Haus mit kleinem Garten und Maggy erhielt ein hübsches, geräumiges Zimmer. Das Mädchen fühlte sich sofort wohl in ihrer neuen Heimat und die neuen Eltern behandelten sie so liebevoll und gütig wie eine eigene Tochter. Wenige Tage nach ihrer Ankunft stellte das Mädchen ihre heimliche Begleiterin, die Banshee vor.

»Ivy, zeigst du dich bitte«, bat Maggy, worauf die Fee aus ihrem Schatten materialisierte. Martha erschrak, doch Dean begann übers ganze Gesicht zu strahlen.

»Banshee! Du bist es wirklich! Wie mich das freut! Wir haben uns ja schon eine Ewigkeit lang nicht mehr gesehen!« Der Onkel stand auf und umarmte die Fee, die ihn mit erfreutem Lächen ebenfalls in den Arm nahm.

»Ihr kennt euch?«, fragte Martha überrascht.

»Oh ja, und ob! Banshee kenne ich schon seit meiner Kindheit. Sie hat mich begleitet und beschützt, bis ich ausgewandert bin. Seit ich mich erinnern kann, gehört sie zu unserer Familie. Dort, wo ich herkomme, hat jede Familie eine Banshee. Sie ist eine gute Fee! Du hast also nichts von ihr zu befürchten. Im Gegenteil. Ab jetzt wird sie auch für dich da sein. Nicht wahr?«, fragte Dean seine frühere Beschützerin, die darauf nickte und vor Martha eine leichte Verbeugung machte. »Hast du jetzt auch einen Namen?«, wollte der Onkel wissen.

»Ich fand es unpersönlich, dass unsere Banshee keinen Namen hat, deshalb nenne ich sie Ivy«, erklärte Maggy.

»Alles klar!«, meinte Dean. »Dürfen wir dich dann auch Ivy nennen?«

»Gerne!«, bestätigte die Fee mit freundlichem Lächeln.

»Prima! Herzlich willkommen in unserem Haus!«, sagte Dean und umarmte die Banshee ein weiteres Mal.

»Dann sollst du auch mir willkommen sein«, sagte Martha noch etwas unsicher.

Ivy bedankte sich lächelnd.

»Super! Dann hast auch du eine neue Familie!«, rief Maggy erfreut, worauf die Fee nickte und mit warmherzigem Lächeln den Kopf des Mädchens streichelte.

So begann für Maggy ein angenehmes Leben bei Tante und Onkel, die alles dafür taten, dass sich das junge Mädchen in ihrer neuen Heimat wohlfühlte. Nur manchmal, in stillen Stunden, kamen anfänglich die Erinnerungen an ihre alte Heimat zurück, an Mutter und Vater und eine glückliche Kindheit, was schmerzhaftes Heimweh verursachte. Weil es dem Mädchen jedoch an nichts mangelte und sie liebevoll von ihren neuen Eltern aufgezogen wurde, rückten auch diese Erinnerungen allmählich in den Hintergrund und kamen schließlich nur noch selten zum Vorschein, während Maggy meist ein glückliches und erfülltes Leben führte. Natürlich begleitete und beschützte Ivy sie weiterhin auf ihrem Weg durch die Zeit. Auch Dean und Martha freuten sich über die Anwesenheit der Fee, die bei dem gütigen Paar zusammen mit Maggy eine neue, angenehme Heimat fand.

Bücher von Ralf Neubohn:

Krimi:

„Mörderisch gut"

„Die Gartenschau-Morde"

Fantasy Krimi:

„Der geheimnisvolle Tod des Werwolfs"

„Merlin und die mysteriösen Morde auf dem Ponyhof"

„Merlin und der unheimliche Hexenjäger"

Tier Krimi:

„Mord auf dem Alpaka- und Lamahof"

Science Fiction Krimi:

„Sam Space"

Lama und Alpaka Reihe:

„Weihnachten mit Alpaka, Lama und der schussligen Hexe"

„Zauberhafte Ferien mit Alpaka und Lama"

„Der magische Hof, der Drache und die schusslige Hexe"

„Magische Stippvisite vom Drachen und der Hexe"

„Hof-Gala für Fee, Einhorn und Kamel"

„Geheimnisvolle Weihnachten mit Hexe, Drache und schüchterner Fee"

„Magische Reisen mit schussliger Hexe und schüchterner Fee"

„Weihnachtszauber im magisch-chaotischen Hofcafé der Hexe"

Alpaka Reihe:

„Die Alpakas vom Nikolaus"

„Der Nikolaus und sein Alpaka auf Tournee"

„Applaus für Alpaka und Osterhase"

„Das Comeback des geheimnisvollen Alpakas"

„Premieren-Abend mit Alpaka und Phönix"

„Halloween, Drache und Alpaka im Scheinwerferlicht"

„Das magische Alpaka und der Drache"

Gedichte

„Hier und Jetzt"

„Frisch gewagt"

Gedichte und Kurzgeschichten

„Die zauberhaften Altbohns"

Bücher mit schwarzen Humor Gedichten

„Die Gartenschau-Morde"

„Tod auf dem Kaktus"

„Neues vom 1. April"

Gartenschau Trilogie

„Flammenfeder live von der Gartenschau"

„Gartenschau Phantasie"

„Herzlich willkommen Gartenschau"

„Galaabend für die Gartenschau"

„Abschiedsvorstellung für die Gartenschau"

„Die Gartenschau-Morde"

„Tod auf dem Kaktus"

„Neues vom 1. April"

„Gartenschau Magie"

„Die Gartenschau im Rampenlicht"

Heiteres aus dem Autorenleben

„Im Tal der Autoren"

„Alle Autoren an Bord"

„Terry ein Schotte in Schwaben"

„Die zauberhaften Altbohns"

Fantasy

„Premieren-Abend mit Alpaka und Phönix"

„Halloween, Drache und Alpaka im Scheinwerferlicht"

„Das magische Alpaka und der Drache"

„Weihnachten mit Alpaka, Lama und der schussligen Hexe"

„Der magische Hof, der Drache und die schusslige Hexe"

„Magische Stippvisite vom Drachen und der Hexe"

„Hof-Gala für Fee, Einhorn und Kamel"

„Geheimnisvolle Weihnachten mit Hexe, Drache und schüchterner Fee"

„Magische Reisen mit schussliger Hexe und schüchterner Fee"

„Weihnachtszauber im magisch-chaotischen Hofcafé der Hexe"

„Der geheimnisvolle Tod des Werwolfs"

„Merlin und die mysteriösen Morde auf dem Ponyhof"

„Merlin und der unheimliche Hexenjäger"

Jahresfeste

„Weihnachten mit dem literarischen Kleeblatt"

„Auf der Suche nach dem verlorenen Osterei"

„Weihnachten und Silvester mit Flammenfeder"

„Vorhang auf für Nikolaus, Weihnachten und Ferien"

„Bühne frei für Fasching und Halloween"

„Die Alpakas vom Nikolaus"

„Die Bettsocken vom Weihnachtsmann"

„Silvester und Weihnachtsmarkt geben sich die Ehre"

„Der Nikolaus und sein Alpaka auf Tournee"

„Applaus für Alpaka und Osterhase"

„Halloween, Drache und Alpaka im Scheinwerferlicht"

„Das Comeback des geheimnisvollen Alpakas"

„Weihnachten mit Alpaka, Lama und der schussligen Hexe"

„Geheimnisvolle Weihnachten mit Hexe, Drache und schüchterner Fee"

„Weihnachtszauber im magisch-chaotischen Hofcafé der Hexe"

Nachwort

Liebe Leser,

Sie sind nun an das Ende unseres kleinen Büchleins gekommen. Wir hoffen, Sie gut und abwechslungsreich unterhalten zu haben.

Falls Sie beim Lesen auf den Geschmack gekommen sind, so gibt es von uns viele weitere schöne Bücher zum selber Genießen oder als originelles Geschenk für andere. Etwa zu Ostern, Weihnachten und Geburtstagen.

Mit freundlichen Grüßen und hoffentlich bis bald!

Ihr Ralf Neubohn

Im 3. Band der Fantasy Krimi Reihe bekommen es Merlin, seine Tochter Mandy und die Elfe Shirly mit einem sehr mysteriösen Hexenjäger zu tun. Warum schlägt er ausgerechnet in den von Hexen wimmelnden Wäldern Camelots zu? Wozu eine so gefährliche Akkordarbeit verrichten? Werden die Hexen vereint dem unheimlichen Hexenjäger den Garaus machen? Auf wessen Seite sollen sich Merlin und die beiden Mädchen stellen? Wer ist in diesem Fall tatsächlich der Gute?

Auf Schloss Camelot bricht die Magieversorgung voll-
kommen zusammen. Zufall? Eine Verschwörung finsterer
Mächte? Können der Zauberer Merlin, seine Tochter und
die zu Besuch weilende Elfe das Böse stoppen? Was steckt
hinter den Morden an den Bewohnern Camelots? Im 2.
Band der Fantasy Krimi Reihe schlagen zwei mysteriöse
Mörder erbarmungslos zu. Nicht nur auf Camelot selber,
sondern auch auf einem benachbarten Ponyhof.